FONDATION EUGÈNE PIOT

SCRIBE ET BABOUIN

AU SUJET DE DEUX PETITS GROUPES DE SCULPTURE ÉGYPTIENNE EXPOSÉS AU MUSÉE DU LOUVRE

PAR

GEORGES BÉNÉDITE

Extrait des *Monuments et Mémoires* publiés par l'Académie des Inscriptions et Belles-Lettres
Premier fascicule du Tome XIX

PARIS
ERNEST LEROUX, ÉDITEUR
28, RUE BONAPARTE, 28
1912

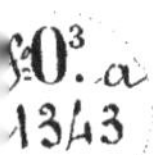

SOMMAIRE DU PREMIER FASCICULE

PLANCHES

FONDATION EUGÈNE PIOT

SCRIBE ET BABOUIN

AU SUJET DE DEUX PETITS GROUPES DE SCULPTURE ÉGYPTIENNE EXPOSÉS AU MUSÉE DU LOUVRE

PAR

GEORGES BÉNÉDITE

Extrait des *Monuments et Mémoires* publiés par l'Académie des Inscriptions et Belles-Lettres
Premier fascicule du Tome XIX

PARIS
ERNEST LEROUX, ÉDITEUR
28, RUE BONAPARTE, 28

1912

SCRIBE ET BABOUIN

AU SUJET DE DEUX PETITS GROUPES DE SCULPTURE ÉGYPTIENNE EXPOSÉS AU MUSÉE DU LOUVRE

PLANCHES I-II

Les petits monuments votifs que l'on consacrait dans les temples montrent rarement la sculpture égyptienne sous un jour attrayant. Ce n'est pas que la piété du peuple le plus occupé qui fût peut-être jamais de ses morts et de ses dieux fût dépourvue d'ingéniosité, mais dieux et morts étaient satisfaits à si bon compte. Il était, en effet, si simple et si habituel au dévot qui n'apportait pas une trop grande préméditation dans son offrande, de la trouver toute prête aux abords mêmes du temple ou de la nécropole. Une industrie prévoyante y avait paré : elle arrivait même à satisfaire jusqu'à un certain point ceux qui voulaient consacrer leur propre image. Par contre, on comprend sans peine que la réputation d'un artiste habile ait pu devenir un stimulant pour les gens pieux d'une certaine catégorie. De là ces objets votifs affranchis de la banalité ordinaire et dont le nombre serait pour nous moins restreint si le produit des fouilles pratiquées dans le sol de l'Égypte avait pris de tout temps et sans trop de déperdition le chemin des musées.

Que, parmi tant de divinités, le dieu Thot fût du petit nombre de celles qui durent, à cet égard, le mieux inspirer leurs adeptes, rien de moins surprenant. La place qu'il tenait dans la religion égyptienne nous apparaît presque illimitée. Nul dieu ne possède un tel degré d'ubiquité. Chercher Thot, c'est toucher à toutes les questions qui se sont posées à l'âme religieuse de l'ancien Égyptien. Il est un des dieux cosmogoniques et créateurs de l'univers. En tant que divinité astrale, il est primordial, puisqu'il est la lune et que, de ce fait, c'est à lui qu'incombe le soin de régler la marche du monde et la mesure du temps. Il est associé de la manière la plus intime au mythe osirien et les textes des Pyramides le mentionnent presque à chaque formule. Mais ce Thot était une divinité archaïque, accessible, sinon aux seuls théologiens, du moins à la classe cultivée. Le Thot populaire des temps historiques n'est pas moins important. Il apparaît comme la conception la plus morale de la religion égyptienne après Osiris. Le rôle qui lui est assigné aux Enfers est bien caractéristique à ce point de vue. Nous l'y voyons dédoublé en dieu ibiocéphale et en singe. Tandis que le premier assiste comme greffier au jugement de l'âme, l'autre, perché sur la balance, assure l'équitable pesée du cœur. C'est bien, en effet, un être de raison et le plus hautement humain, ce dieu qui, par une bizarre rencontre, passe de l'oiseau au quadrumane, sans jamais prendre visage d'homme[1]. Dans le drame osirien, le rôle qui lui est échu, tantôt d'allié d'Osiris contre Set, tantôt d'arbitre, rétablissant la paix entre les deux frères par un partage équitable de territoire, fait de lui la divinité la plus sage et la plus conforme à ces idées de règle, à ce sens du précepte innés chez les Égyptiens. Toutefois, sa promptitude à dénouer les mauvaises situations n'était pas exempte d'une certaine malice, car, si dans un accès d'emportement le bouillant Horus alla jusqu'à trancher la tête de sa mère Isis, Thot arrivait à point pour réparer un si grand malheur, mais rétablissait sur les épaules de la déesse une

1. Sauf à l'époque gréco-romaine, d'une manière accidentelle. L'esprit d'assimilation qui règne alors dans l'iconographie divine, sous l'impulsion du syncrétisme religieux, manifeste sa principale tendance dans le sens de l'anthropomorphisme.

tête de vache. Ce trait, que l'auteur du *de Iside* a recueilli avec tant d'autres dans la tradition populaire, achève la ressemblance et nous montre le dieu tel que le peuple aimait à se le représenter. Ce que l'Égyptien voyait principalement en lui, c'était l'être intelligent par excellence, l'esprit avisé, fertile en inventions et pouvant se vanter d'avoir plus d'un bon tour dans son sac. N'était-il pas d'une manière toute spéciale le patron de la corporation des scribes depuis le plus humble jusqu'au plus élevé, c'est-à-dire de cette caste qui se targuait de ses privilèges aux yeux des ruraux et des illettrés et dont rien ne peut mieux donner idée à ceux qui connaissent l'Égypte moderne que le prestige attaché dans l'esprit des fellahs aux modestes fonctions de *katib*.

« *Viens à moi, Thot, ibis illustre, dieu aimé d'Hermopolis, écrivain de la grande neuvaine divine, l'hermopolitain (par excellence), viens me faire une carrière, rends-moi habile dans les hauts emplois*[1]. »

Cette dévotion enthousiaste du lettré pour le dieu qu'on représentait armé de la palette et en qui on saluait le *scribe des dieux*[2] se manifestait sous des formes assez diverses. H. Schaefer a déjà appelé l'attention sur ces encriers revêtus d'inscriptions qui nous ont conservé le souvenir de la libation que la gent plumitive d'alors accomplissait avec cet ustensile en l'honneur de son dieu[3]. On lui consacrait aussi des palettes et d'une manière générale les instruments

1. Papyrus Anastasi, V. pl. 9, l. 2-3. Cet hymne à Thot a été traduit notamment par Chabas (*Mélanges égyptologiques*, 1862, p. 119); Maspero, *Style épistolaire*, 1873, p. 25; E. Grébaut, *Hymne à Ammon Ra*, 1874, p. 65; Pietschman, *Hermes Trismegistos*, 1875, p. 17.

2. Parmi ses titres les plus fréquents, citons ceux de *Scribe de la vérité de la neuvaine des dieux*, *Maître de la vérité et chef des écrits*, *Maître des Écritures sacrées*, *Maître des paroles divines*. Sur la palette n° 8042 de Berlin, le Scribe des soldats, *Tana*, l'invoque pour obtenir l'intelligence des écritures et l'habileté dans les hiéroglyphes (A. Erman, *Ausfuehrliches Verzeichniss der aegypt. Altertuemer*, p. 217). Dans la clausule du papyrus d'Orbiney, Thot est invoqué comme compagnon de combat pour celui qui parlera favorablement de l'écrit (sorte de politesse pour le lecteur).

3. H. Schaefer, *Eine altaegyptische Schreibsitte*, dans la *Zeitschrift für aegyptische Sprache*, XXXVI, p. 147. Gardiner a démontré que le même usage s'étendait à Imhotep: *Imhotep and the Scribe's libation*. Id., XL, p. 146. L'encrier étudié par Schaefer est le n° E 5344 du Louvre, au nom de *Psar* (Pierret, *Cat. de la Salle hist.*, 1873, n° 368). Il est exposé actuellement dans l'armoire de la Salle des Colonnes (Arts et Métiers de l'ancienne Égypte).

dont l'invention lui était attribuée, tels que la coudée, le *merkhet*[1], la clepsydre[2]. Ses temples devaient abonder en objets de ce genre. Il n'était pas rare non plus que le dévot eût l'idée d'y faire déposer son image accompagnée d'une formule dédicatoire et d'après un usage qui s'étendait d'ailleurs à beaucoup d'autres divinités. On sait par la trouvaille de Karnak jusqu'où pouvait aller cet usage[3]. L'attrait spécial que nous trouvons à certaines images consacrées à Thot et déposées dans son temple, c'est qu'elles représentent non seulement le dévot, mais encore le dieu[4]. Thot était une de ces divinités tutélaires qu'on aimait à voir près de soi. « *Le dieu Thot est comme mon bouclier derrière moi* », dit le scribe du papyrus Anastasi I[5]. Tel, en effet, il nous apparaît dans cette curieuse statue du musée du Caire[6] (trouvaille de Karnak) où le joyeux singe, forme préférée du dieu dans ce rôle, grimpé malicieusement sur les épaules de son adorateur, lui appose en signe de protection ses longues mains velues sur la tête.

I

Les deux petits monuments dont il va être question appartiennent à un type assez différent. L'un est en schiste ardoiseux

1. Instrument servant à mesurer les levers d'astre pour le calcul de l'heure nocturne et donnant l'heure diurne par le déplacement de l'ombre : en somme la plus ancienne forme du gnomon. Cf. L. Borchardt, *Ein altaegypt. astronom. Instrument* (*Zeitschrift*, XXXVII, pp. 10-17); Romieu, *Le calcul de l'heure chez les Égyptiens* (*Recueil des travaux relatifs à la philologie et à l'archéologie égyptienne et assyrienne*, t. XXIV, p. 141.) L. Borchardt, *Altaegyptische Sonnenuhren* (*Zeitschrift*, XLVIII, pp. 9-17 et pl. I et II).

2. Par exemple, Leemans, *Monuments égyptiens du musée de Leyde* I. B. pl. XIX, 47 et le n° 29895 du musée du Caire. Au reste, presque tous les musées possèdent de petits simulacres de clepsydres en terre émaillée, ayant précisément rempli cet office.

3. G. Legrain, *Statues et statuettes*, t. I. et II, dans le *Catalogue général du Musée des antiquités du Caire*; Maspero, *Ruines et paysages d'Égypte*, p. 161-175.

4. Par exemple les groupes n°s 9941 et 9942 du musée de Berlin, reproduits dans Turajeff, *Gott Thoth* (en russe), 1898, fig. XII.

5. Pl. 8, l. 3, cf. Chabas, *Voyage d'un Égyptien*, p. 29 et de Horrack, *Sur un ostracon du Musée du Louvre*, *Zeitschrift*, VI (1868), p. 2.

6. G. Legrain, *Statues et statuettes*, II, pl. XXVI (n° 42162); Maspero, *Guide* (5e édit., p. 188, n° 561).

gris sombre, l'autre en albâtre. Ils représentent tous deux un scribe accroupi au pied du dieu cynocéphale. Consacrés par un seul et même dédicateur, ils offrent de grandes analogies et en même temps des différences dues autant à la technique propre à chaque matière qu'au parti adopté par le ou les artistes[1].

Le groupe en schiste (pl. I et fig. 1 et 2) représente le scribe assis à l'orientale, c'est-à-dire accroupi dans la position remarquée de plusieurs statues célèbres de la Ve dynastie, et lisant. Le torse, à peine incliné en avant, est revêtu d'une chemise à manches courtes que vient recouvrir à hauteur des hanches un pagne noué à la ceinture. La tête est coiffée de l'une des habituelles perruques thébaines qui s'évase en découvrant le bas des oreilles et ne descend pas au-dessous du niveau des épaules. Le visage est celui d'un homme jeune et les traits en sont d'une finesse qui s'est dérobée, comme il arrive souvent, à l'objectif photographique. Il n'est pas sans intérêt d'observer que sa structure correspond à un type que nous ont rendu familier l'iconographie royale et la sculpture civile du Nouvel Empire : yeux étroitement fendus et s'allongeant obliquement, nez droit, de peu de saillie (une légère cassure en déforme le bout), très léger prognatisme alvéolaire donnant à la bouche une importance signalétique dans

Fig. 1. — Le scribe Nibmirtouf, pièce d'un groupe en schiste.

1. Ils ont été acquis par le Louvre en 1908. Signalés au département égyptien par M. Ch. Boreux qui les vit au commencement de la saison chez le marchand Ali, de Gîzèh, et qui en reconnut l'importance, ils ne purent devenir l'objet d'une négociation en règle qu'après être passés aux mains de M. Kyticas, plusieurs mois après. Ils sont inscrits dans le Livre d'entrée sous les numéros 11154 et 11153. Leurs dimensions respectives sont: pour le premier, hauteur 0m,194, longueur 0m,205; largeur 0m,084; hauteur du scribe 0m,12; pour le second, hauteur 0m,21; longueur 0m,202; largeur 0m,088; hauteur du scribe 0m,105.

la physionomie ; menton petit, d'une élégance féminine qui se retrouve d'ailleurs dans le reste du profil et qui contraste avec la largeur et la carrure du masque vu de face. Ces visages à larges maxillaires se profilant tout en finesse s'observent fréquemment encore chez les fellahs des deux sexes. Les bras pliés reposent symétriquement sur les cuisses où se déroule un papyrus : la main gauche maintient d'un côté le rouleau, le pouce seul apparent, tandis que la main droite, les doigts joints, fait le geste d'étaler. L'artiste, facilement maître d'une matière peu résistante, mais très dense, a pris un plaisir visible à pousser le détail. La perruque a été traitée avec la précision que l'on observe sur les plus belles statues grandeur naturelle ou moyenne de la trouvaille de Karnak. De la rondelle (probablement en cuir) placée au sommet, descendent sans la moindre confusion les longues mèches dont les ondulations ont été calculées de manière à former, vues d'une certaine manière, des zones horizontales parfaitement concentriques. Fines et menues à leur naissance, elles s'élargissent en s'irradiant et en se modelant, car le burin a fait mieux qu'inciser des sillons géométriques comme il arrive souvent. Les petites boucles formant l'habituel paquet triangulaire au-dessous des oreilles sont exécutées, par contre, avec moins de minutie et les oreilles sont insuffisantes. Mais la virtuosité reparaît dans le dessin des yeux, du nez, de la bouche où nous retrouvons toutes les particularités de style propres aux meilleurs morceaux de la sculpture égyptienne. Le col de la chemise avec son échancrure à la gorge et son fin ourlet met une note précise à laquelle répond le nœud de la ceinture. Ces mêmes effets de finesse réapparaissent aux mains, dans le dessin des doigts, auxquels ne manquent pas les ongles (quelle vue perçante était celle de ces joailliers de la pierre à qui nous ne pouvons prêter l'office de la loupe). A la partie encore enroulée du volumen est superposée une palette-écritoire dont aucun détail n'est omis. Cette recherche s'ajoutant à la science du modelé et à l'exactitude anatomique donne à ce petit morceau un caractère d'œuvre achevée.

Ce qui déconcerte invariablement dans ces figures accroupies, c'est le rendu du pied, désarticulé jusqu'à former le prolongement rectiligne du tibia et cependant tourné de cette manière stupéfiante que le dessus, au lieu d'être de face, s'aplatit sur le sol et que la plante et le talon regardent le ciel. Il y a là, c'est incontestable, une part d'exagération conventionnelle; mais elle choque moins les personnes qui ont observé, dans les villes d'Égypte, les marchands du bazar accroupis sur leurs nattes, à côté de leurs babouches. Nul Européen, à moins d'un entraînement spécial, ne pourrait mouvoir ses extrémités inférieures de pareille façon non plus que s'asseoir, les genoux au niveau du menton, dans cette position cubique stylisée de la façon que l'on sait par l'art égyptien[1].

Fig. 2. — Le scribe Nibmirtouf lisant aux pieds du dieu cynocéphale Thot, groupe en schiste.

La statuette est encastrée à sa base dans un socle rectangulaire dont elle occupe un peu plus d'un tiers, le reste étant occupé par l'autel sur lequel trône gravement le dieu-singe et par une petite table d'offrande, entre le scribe et le pied de l'autel. Celle-ci fait

1. L'étonnante souplesse du jeu des articulations permet aux Égyptiens une diversité d'attitudes insoupçonnées de ceux qui n'ont pas eu occasion de les observer. Ces attitudes, non moins qu'une série de gestes qui leur sont propres et les distinguent même des peuples voisins, constituent des particularités anthropologiques nullement négligeables. Une étude approfondie de la sculpture et de l'art du dessin en Égypte ne pourrait se passer d'un chapitre où cette question serait envisagée et illustrée d'exemples bien choisis.

corps avec le socle, tandis que l'autel y est emboîté de la même manière que le scribe et ce détail, comme on le verra plus loin, n'est pas indifférent. D'ordinaire, un dévot qui se fait représenter en compagnie de son dieu observe l'attitude de l'adoration dont la première condition, semble-t-il, est de faire face à la divinité adorée. Ici rien de semblable. Le scribe vaque à ses occupations habituelles sous les regards bienveillants de Thot et du moment qu'il est de front par rapport au grand côté du socle, le singe, pour le regarder, n'a pu être tourné que de profil, agencement assez heureux de quelque côté qu'on envisage le groupe, mais principalement de trois quarts.

Le cynocéphale divin, assis gravement sur ses callosités, les mains aux genoux, tout le haut du corps disparaissant dans sa pèlerine naturelle, la tête énorme, encore élargie par la crinière et comme enfoncée dans les épaules, les yeux petits et bridés sous les arcades proéminentes, est la réplique d'un type arrêté de moins vieille date qu'on ne serait tenté de le croire. Nous y reviendrons plus loin. Tel quel, il se présente avec ce fréquent mélange de réalisme extrêmement précis et de convention graphique qui donne une saveur si particulière à la plastique égyptienne. On ne saurait trop déplorer la cassure qui nous prive de la partie la plus expressive du museau. Si l'on en juge par le fini et l'intelligente précision qui s'observe dans les parties subsistantes de la face, la perte est sérieuse. Je crains bien qu'il ne faille la mettre au compte des Bédouins qui firent la trouvaille, ainsi que celle qui fractionne le socle. La hâte avec laquelle ils durent s'emparer du groupe dont ils ignoraient l'assemblage sans scellement et qu'ils supposèrent au contraire taillé dans un même bloc suffit à tout expliquer.

Trois inscriptions hiéroglyphiques consacrent ce petit monument : L'inscription du dieu, gravée horizontalement au-dessus du couronnement de l'autel, est double. Elle commence, suivant l'usage, au milieu de la face (ici énoncé par rapport au dieu) par le signe ☥, commun aux deux légendes :

Thot vivant, Seigneur d'Achmounein, dieu grand dans Heserit, roi du Ciel, guide... qui restitue l'œil lunaire[1] *à son maître. — Thot vivant, maître des paroles divines, auteur de la vérité chaque jour, qui la présente sur ses deux mains au Soleil lequel s'en réjouit chaque jour.*

L'inscription du socle, partant également du milieu du petit côté qui devient ainsi le front du groupe, commence par le mot , commun aux deux légendes qui se poursuivent dans les deux sens.

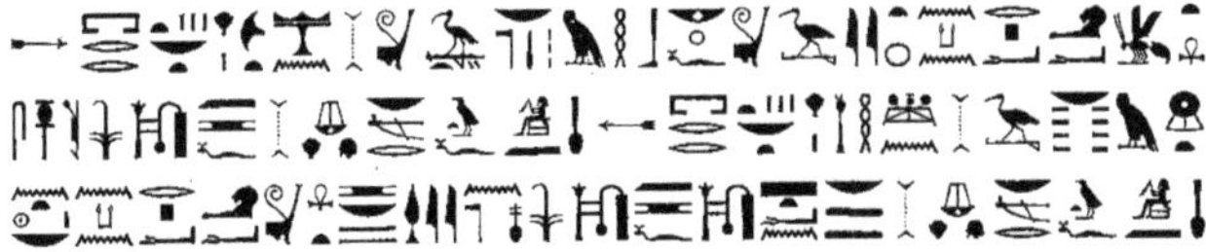

Toutes les sorties (de l'offrande) sur l'autel de Thot, maître des paroles divines, en sa fête du Jour de Thot[2], *pour le Ka du prince, chancelier du roi du Nord, ami unique, scribe du roi qui l'aime véritablement, officiant en chef.* NIBMIRTOUF. — *Toutes les sorties (de l'offrande) sur le guéridon d'offrande de Thot, seigneur d'Achmounein, au cours de chaque jour, pour le Ka du prince, chancelier du roi du Nord, aimé du roi des Deux Terres, favorisé du dieu bon, le scribe du roi qui l'aime véritablement, le secrétaire du maître des Deux Terres, l'officiant en chef,* NIBMIRTOUF.

La troisième légende est gravée sur le papyrus que déroule le Scribe, elle est disposée en lignes verticales :

1. On se rappelle que c'est le dieu Thot qui, par ses subterfuges, fait rendre chaque mois à Typhon le disque lunaire (second œil de Râ) dévoré par lui.
2. Le 1er jour du mois, d'après le calendrier d'Edfou.

Celui qui fait les lois, qui fixe la règle, qui fait connaître toutes les charges du palais du maître des Deux Terres, le scribe du roi qui l'aime véritablement, le scribe véritable dans le temple d'Amon, officiant en chef, NIBMIRTOUF.

Ces légendes nous font connaître le nom du personnage, *Nibmirtouf*, ses titres qui sont ceux d'un Égyptien du plus haut rang, ses fonctions qui ne spécifient en rien qu'il les ait exercées en dehors de la capitale de l'Empire et qui nous donnent à penser qu'il vivait à Thèbes dans l'entourage royal. Le nom du roi n'est pas donné. Cela est de peu d'importance, le monument ne portant aucun document historique ; mais tout, dans le style et le costume, nous invite à nous tourner vers Ramsès II et ses successeurs immédiats.

Le groupe en albâtre nous montre le même personnage, non plus lisant, mais écrivant au pied de son dieu, dans une attitude dont nous possédons d'assez nombreuses répliques datées principalement de la seconde époque thébaine[1] (pl. II et fig. 3 et 4). Le haut du corps ici plus incliné, la tête plus courbée sur le papyrus expriment une attention plus soutenue. L'impression de vie qui se dégage de cette petite image de scribe absorbé par son travail est saisissante. Rien de ce parallélisme scolaire dans la position des membres que nous a montré la statuette en schiste : les deux bras sont pliés, le gauche à angle très aigu, l'autre à angle droit et dans un plan qui n'est pas le plan du tracé de la cuisse, ce qui serait le cas si la figure avait été exécutée après la préalable et habituelle mise au carreau. L'asymétrie est encore plus marquée dans les membres inférieurs. Les jambes sont en effet négligemment croisées dans un demi-agenouillement, la droite à plat sur le sol, avec son pied posant très naturellement sur le bord externe, la gauche ployée avec son genou relevé dans un mouvement qui comprime le mollet (rendu avec beaucoup de vérité) et sans cette raideur dont n'ont pu s'affranchir nombre de statues thébaines.

1. Cette pose du scribe à demi agenouillé est d'ailleurs un legs de l'époque memphite. Cf. par exemple la statue 120 du Caire.

Pour juger à sa valeur du résultat ainsi obtenu, on ne saurait mieux faire que de se reporter à la petite statue en grès rouge du scribe Hapi, représenté dans la même position et qui, certes, est une des meilleures pièces de la trouvaille de G. Legrain[1]. Il est fâcheux que la matière, un albâtre des plus translucides qui est en quelque sorte illuminée intérieurement, nous dérobe de ce fait les meilleures parties du modelé. On y devine des prouesses, non pas précisément perdues, mais qu'il faut chercher en explorant patiemment le morceau sous des éclairages divers. Les traits du visage, en particulier, ne se dénoncent guère que de profil. Par contre, les bras et le dos, que l'épaisseur du bloc ainsi que des filons plus opaques nous montrent éclairés et ombrés normalement, révèlent du premier coup la maîtrise de l'exécution.

Fig. 3. — Le scribe Nibmirtouf, pièce d'un groupe en albâtre.

Un autre inconvénient de l'albâtre est son extrême fragilité, incompatible avec un excès de ténuité dans la main-d'œuvre. Le sculpteur s'en est avisé et s'est défendu de ces exercices de virtuosités qui font un peu le prix du petit groupe en schiste. Il a même exagéré la précaution et nous ne pouvons que déplorer qu'il ait traité de la façon sommaire d'une maquette moderne la main droite, la main écrivante. Ici nous sommes vraiment loin des belles statues de scribes de l'Ancien Empire. L'autel-support de Thot se dresse à côté sans interposition d'une table d'offrande comme précédemment; il possède de plus une autre particularité. A sa partie antérieure, découpé dans le même bloc, est une sorte de contrefort incliné en talus sur lequel est gravée une échelle à huit degrés. C'est une

1. Musée du Caire, n° 42184. Statues et statuettes de rois et de particuliers, par G. Legrain, pl. XLVI (dans le catalogue général).

variante très simplifiée de l'*Escalier d'Hermopolis,* conception mythologique inséparable du mythe et du culte de Thot[1]. Quant au singe, il est rendu ici avec une énergie d'accent qui confine à la caricature. Mais pour qui a vu de ces vieux babouins mâles, devenus de véritables monstres par le développement quasi anormal du corps, et principalement de la tête, l'image est des plus justes. On y souhaiterait simplement un peu plus de concession à l'esprit de détail. Scribe et singe sont juxtaposés sur le socle formé d'une table rectangulaire aux arêtes légèrement arrondies, sans aucune espèce d'insertion ou d'emboîtement, mais par un scellement à la chaux qui a cessé de produire son effet, et c'est peut-être la mobilité de ces deux éléments qui les a préservés des avaries qui déparent l'autre groupe. Autre différence avec le groupe en schiste, le babouin sacré avait ici la tête surmontée du disque lunaire en bronze. L'accessoire gâté par l'oxydation n'a pu être rétabli.

Fig. 4. — Le scribe Nibmirtouf écrivant aux pieds d'un dieu cynocéphale Thot, groupe en albâtre.

Les hiéroglyphes, d'un meilleur style que dans le groupe en schiste et plus soignés parce qu'ils forment une partie plus essentielle de la décoration, étaient niellés de pâte bleue.

1. Thot, comme l'a d'abord démontré Brugsch, doit être à certains égards envisagé comme une forme du Shou héliopolitain qui, monté sur son escalier, soulevait la voûte céleste après l'avoir séparée de la terre.

Ici les inscriptions de Thot ne forment pas frise, mais occupent les deux parties latérales et la surface postérieure de l'autel. Elles sont gravées en lignes verticales.

A la droite du dieu on lit :

Offrande royale à Thot, le seigneur d'Achmounéin, qui conduit à la vérité, et détruit l'impureté, pour qu'il accorde de demeurer sur terre au service du roi dans les faveurs du dieu bon, au Ka du prince, scribe du roi qui l'aime véritablement, officiant en chef, NIBMIRTOUF.

A gauche :

Offrande royale à Sheps (l'auguste), seigneur d'Achmounéin pour qu'il donne d'atteindre les félicités que le roi accorde, l'intelligence (des écritures sacrées), la faveur et l'amour (du Roi) au Ka de l'interprète des paroles divines, chef de tous tes travaux du roi, le scribe du roi qui l'aime véritablement, l'officiant en chef, NIBMIRTOUF.

Derrière :

Offrande royale à la déesse Ounout dans sa ville de Ounou pour qu'elle accorde la jouissance des provisions dans le temple et la satisfaction d'être nourri[1] *par son Ka, Ka du prince, secrétaire du Maître des Deux-Terres, l'officiant en chef,* NIBMIRTOUF.

1. Formule rare, puisque les matériaux déjà si abondants du Dictionnaire de Berlin ne la contiennent pas. On voit qu'il s'agit ici du verbe *snm* au sujet duquel j'ai reçu de M. Ad. Erman une intéressante communication qui ne peut malheureusement être insérée ici à cause de son caractère strictement philologique.

La légende du socle commence et se développe de la même manière que sur le groupe en schiste :

« *Toute sortie de l'offrande sur le guéridon de Thot, seigneur d'Achmounéin, en toutes ses bonnes fêtes, pour le Ka du prince, le scribe du Roi qui l'aime véritablement, l'officiant en chef,* Nibmirtouf. — *Toute sortie de l'offrande sur le guéridon de Sheps (l'auguste) qui est dans Achmounéin, au cours de chaque jour, pour le Ka du prince, secrétaire du maître des Deux Terres, le guide sur tous les dieux,* Nibmirtouf. »

Sur le papyrus déroulé :

Celui qui fait la loi, fixe la règle, fixe d'une façon parfaite les annales, maître des Deux Terres, le prince, scribe véritable du temple d'Amon, l'officiant en chef, Nibmirtouf.

II

D'où proviennent ces monuments ? Les avis sont partagés. Celui qui prédomine les fait venir d'Achmounéin (*Hermopolis magna*). En dehors des raisons tirées des objets mêmes qui sont consacrés au dieu hermopolitain, on tient compte de la coïncidence que des fouilles eurent lieu à Hermopolis l'année d'avant. On comprend dès lors l'intérêt que devait avoir le premier vendeur à dissimuler l'origine de sa marchandise. On a cru pouvoir m'assurer d'un autre côté que ce vendeur était un homme, non du Saïd, mais du Delta, et que le lieu d'origine révélé par lui était Kôm el-Moustein, desservi par Kouesna, à 11 kilomètres de Benha. Tout en restant sceptique sur la valeur d'un pareil renseignement[1], on ne doit pas oublier que le culte de Thot n'était pas monopolisé par l'Hermopolis du Sud. Le XVe nome du Delta était aussi un nome hermopolitain, dont le chef-lieu Bâhou[2] avait pour divinité un Thot cynocéphale, mais il était situé au Nord-Est, près du lac Menzalèh. Strabon (p. 802) cite également une Hermopolis, île près de Bouto, et que Brugsch identifie à , *Oun Atehou, Hermopolis de Natho*[3]. Sans s'arrêter à l'*Hermopolis parva* (Damanhoûr), qui porte indûment et par une méprise des Grecs, comme l'a reconnu Champollion[4], un nom en relation avec Thot, on retrouve le nom égyptien, *Khmounou*, de la ville de Thot en deux Eshmoun du Delta : *Eshmoun er-erman* des *Scalae* coptes (Eshmoun la Grenade) identifiée par Quatremère avec l'actuelle Eshmoun Tanah, province de Daqahlîyèh[5], au Nord-Est du Delta, et Eshmoun de la province de Menoûfîyèh, située au Sud-Ouest de la rive droite du bras de Rosette. Cette dernière correspondrait mieux à l'indication, mais elle est encore séparée de la localité désignée par une distance de 20 kilomètres à vol d'oiseau.

De toute manière, la provenance est un sanctuaire de Thot, car, en même temps que le Louvre entrait en possession des deux groupes, M. James Simon, l'amateur berlinois bien connu, en acquérait un troisième du même type, mais de dimensions encore plus petites, au

1. Ces lignes étaient déjà écrites quand m'est parvenue, par une autre voie, la confirmation de Kôm el-Moustein comme lieu d'origine. D'autre part, cette localité qui porte également le nom de Tell Oum Harb, déjà connue par la trouvaille du cynocéphale en calcaire n° 29751, du Caire, comme étant en relations avec le culte de Thot, a été l'objet d'une fouille de M. C. C. Edgar dont le résultat le plus clair a été de faire retrouver les débris d'un temple de Thot portant les cartouches de Ramsès II, Menephtah et Sheshonk III. Cf. M. C. C. Edgar, *Report on an excavation at Tell Om Harb* dans *Annales du Service des Antiquités*, XI, pp. 164-169.

2. *Papyr. 314 du Louvre*, p. 7, l. 23, cf. Pierret, *Études égyptologiques*, 1873, p. 61 ; Brugsch, *Dictionnaire géographique*, 188.

3. Brugsch, ibid., 148, 1129.

4. Champollion, *L'Égypte sous les Pharaons*, II, 252.

5. Amélineau, *Géographie de l'Égypte à l'époque copte*, 119.

nom d'un nouveau personnage, *le scribe Zaïou* ([hieroglyphs], var. [hieroglyphs]) et la question se posera d'examiner si ce genre de monuments, loin de former une catégorie restreinte, ne serait pas représenté depuis longtemps dans nos musées d'antiquités égyptiennes[1].

III

Nous avons dit que Thot pouvait être singe ou ibis : il serait intéressant de savoir en quels cas? L'opinion exprimée par Brugsch[2] que l'ibis personnifiait le dieu lui-même, d'où son nom *Tahouti, Zahouti, l'ibien* ou l'*ibiomorphe,* tandis que le cynocéphale n'aurait été qu'une désignation en quelque sorte hiéroglyphique et symbolique du dieu se rapportant à son caractère moral et astronomique (la stabilité, l'équinoxe, etc.), ne cadre plus avec les théories totémistes actuelles qui, entre autres solutions de ce problème, pourraient préconiser celle qui s'appuierait sur la fusion hypothétique de deux clans voisins ayant l'un l'ibis, l'autre le babouin pour totem, l'un et l'autre un même culte pour la lune. Il est certain néanmoins que, tout en se rapportant à une seule divinité, ces deux formes n'arrivèrent jamais à se confondre. L'art sacré dans ses manifestations les plus hautes, aussi bien que l'imagerie religieuse courante, les avait spécialisées et en quelque sorte individualisées. Ainsi le scribe divin, enregistreur du temps, fixant la durée de la vie et le nombre des panégyries d'un roi, est toujours le Thot ibiocéphale ; par contre, le dieu siégeant sur l'escalier de Shou est le Thot cynocéphale. Observons en même temps que ce dernier n'est que très rarement représenté l'écritoire à la main[3]: il préside magistralement, les mains au repos, mais

1. Une notice de M. Ad. Erman, parue dans le dernier numéro des *Amtliche Berichte* (oct. 1911) du musée de Berlin, nous apprend que ce petit groupe, dont une reproduction photographique accompagne la description, a été donné par M. James Simon à ce musée.

2. Brugsch, *Religion und Mythologie*, 439 sqq.

3. Les exceptions très rares ne font que confirmer la règle. Un cynocéphale tenant l'écritoire est représenté dans Lanzone, *Dizionario di mitologia egizia*, pl. CCCCIV, 1, emprunté à Champollion, *Panthéon égyptien*, p. 30, F.

n'écrit pas[1]. Il y a là, semble-t-il, une persistance de son caractère cosmogonique. On sait, en effet, que, pour créer le monde, il n'eut pas grand effort à faire : il se contenta de pousser un cri[2]. Autre particularité de Thot cynocéphale: il n'emprunte presque jamais le corps humain pour former un composé d'homme à tête de singe à la façon du génie funéraire *Hapi*. Ce qui m'empêche d'être aussi absolu sur ce point que l'est Daressy[3], c'est la présence dans nos vitrines du Louvre d'un Thot cynocéphale à corps mumiforme, accroupi sur le signe des panégyries, petite pièce en terre émaillée — d'époque ptolémaïque, est-il bon d'ajouter pour atténuer la portée d'un exemple aussi exceptionnel.

IV

Tout est d'ailleurs pour surprendre dans ce singe incorporé au panthéon égyptien. N'y semble-t-il pas quelque peu dépaysé? La faune primitive de l'Égypte s'est sensiblement appauvrie au cours de l'histoire et jusque dans les temps modernes. Le bateau à vapeur a tout récemment chassé le crocodile au delà de la deuxième cataracte et l'hippopotame n'avait pas attendu ce moment pour reprendre le chemin de la Haute Nubie et du Soudan[4]. Robert Hartmann n'en a pas

1. Le nom de *Asten*, [hieroglyphs] var. [hieroglyphs] (Cf. Brugsch, *Mythologie*, l. l.) semble le désigner dans ce rôle.

2. Sur la théogonie hermopolitaine et le rôle de Thot, voir Brugsch, op. cit., p. 110-160; Maspero, *Études de mythologie et d'archéologie égyptiennes*, t. II, p. 257 sqq.

3. *Statues de divinités* (dans le *Catalogue général du musée du Caire*), t. I, p. 405.

4. Maspero (*Hist. anc. des peuples de l'Orient class.*, t. I, p. 34, note 2) mentionne d'après Le Mascrier (*Description de l'Égypte*, p. 31) le fait que le consul de France, du Maillet, signala la présence de l'un de ces pachydermes à Damiette au commencement du XVIIIe siècle. Mais cet hippopotame de Damiette a toutes les apparences d'un mythe. D'une part, Ammien Marcellin (XXII, 15) prétend que de son temps il ne s'en trouvait plus en Égypte : « *nunc inveniri nusquam possunt, ut conjectantes regionum incolae dicunt, insectantis multitudinis taedio ad Blemmyas migrasse compulsi* ». D'autre part, l'hippopotame de Damiette qui exerce ses ravages dans la région se retrouve dans plusieurs relations et présente bien le caractère d'une tradition locale, quoique l'auteur prétende parfois en avoir été le témoin oculaire. Abdallatif (XIIe-XIIIe siècle), dans la *Relation de l'Égypte*, éd. De Sacy, p. 143, dit : « Il y avait un hippopotame dans la rivière de Damiette qui avait submergé et renversé un grand nombre de barques... » Le médecin napolitain Zerenglu, cité par A. Wiedemann (*Herodots zweites Buch*, p. 310) prétend en avoir vu deux vers 1600 près de Damiette. Prosper Alpin qui visita l'Égypte en 1580 raconte qu'il en fit chasser dans cette localité vers

aperçu en 1860 au Nord de Berber, Rüppel et Ehrenberg n'en ont vu qu'exceptionnellement à Dongola[1]. Les grands félins africains ont évacué les déserts limitrophes à une époque indéterminée de l'antiquité historique[2]. La chronique figurée de l'expédition de Pount les montre déjà sous un jour exotique. L'éléphant s'avançait-il, à l'aube des temps historiques, jusqu'au seuil méridional de l'Égypte et le nom de *Abou* ('Ελεφαντίνη) nous a-t-il conservé le souvenir de sa présence effective plutôt que celui d'un lieu où arrivait l'ivoire? Toujours est-il que l'éléphant[3] n'a pas été divinisé, non plus que la girafe que nous retrouvons sur les anciennes palettes de schiste[4] et dans l'écriture hiéroglyphique. Le cynocéphale paraît bien un animal importé de tout temps. La basse vallée du Nil ne remplit pas les conditions climatériques pour être son habitat. C'est, en effet, un singe de montagne et, qui plus est, des pays intertropicaux soumis à un régime de pluies. Les naturalistes le situent dans les monts d'Abyssinie et d'Arabie et jusqu'à une très haute altitude[5]. Il y vit en troupes nombreuses, toujours à proximité d'un cours d'eau. Ce qui est certain, c'est qu'il devint de bonne heure familier aux anciens Égyptiens. Du plus loin qu'on aperçoit la rangée des vingt-quatre cynocéphales assis au couronnement du grand spéos d'Abou-Simbel, la pensée se reporte aux descriptions des voyageurs qui, mainte et mainte fois, ont vu de ces singes accroupis sur des crêtes rocheuses dans cette attitude expressive et béatement tournés vers le soleil levant.

la même époque. C'est à Clot-bey (*Aperçu sur l'Égypte*, I, 136) que j'emprunte cette citation et lui-même ne peut résister à l'entraînement et ajoute : « C'est ainsi qu'en 1836 on en vit un non loin de la même ville. Il commit de grands dégâts dans la campagne et puis après une vingtaine de jours environ il disparut pour ne plus se montrer. »

1. *Zeitschrift*, 1864, p. 26.

2. Thoutmôsis IV chasse le lion dans les environs de Memphis (stèle du Sphinx). Le scarabée des chasses d'Aménôthès III ne mentionne pas de localité.

3. Il apparaît cependant comme enseigne de clan sur les vases à représentations de bateaux de l'époque nagadienne. Fl. Petrie and J. E. Quibell, *Naqada and Ballas*, pl. LXVII, 14.

4. *Monuments Piot*, t. X, pl. 11. F. Legge, *Proceedings of the Society of Biblic. Arch.*, 1909, pl. XLII où l'auteur voit (dans l'animal de la palette d'Oxford) non une girafe mais la gazelle Gerenuk (*Lithocranius Walleri*) du pays des Somalis.

5. Les naturalistes proclament comme un axiome qu'il n'existe aucun singe africain au Nord du 20e parallèle.

Dans son travail déjà cité, R. Hartmann reconnaît sur les monuments l'existence de deux espèces du genre cynocéphale[1] : le *C. Hamadryas*, Desm. [hiéroglyphes], [hiéroglyphes] et le *C. Babuin*, Desm. (*C. Anubis*, Cuvier) [hiéroglyphes]. Cette constatation s'est trouvée confirmée par les travaux de Lortet et Gaillard[2] qui ont reconnu les deux espèces dans une série de crânes et de squelettes récoltés à Thèbes en février 1905 dans la vallée des Singes. J'emprunte à leur bel ouvrage la description zoologique des deux babouins :

Ce singe (le *Papio Hamadryas*, Linné)... est d'une forte taille et recouvert d'une robe tout à fait caractéristique présentant chez le mâle deux favoris très développés, formant deux houppes implantées en demi-cercle, recouvrant entièrement les oreilles, tandis que les épaules et les parties antérieures du corps sont protégées par un camail de poils très longs, touffus et très élégamment disposés. Chaque poil est annelé d'une zone, alternativement colorée en gris verdâtre et en jaune (d'après Brehm, qui a vu grand nombre de cynocéphales vivants en Nubie et en Abyssinie). Les côtés de la tête, ainsi que les jambes sont toujours d'une couleur plus claire, très souvent d'un gris cendré. Les callosités sont d'un rouge vif... La partie dénudée de la joue présente une couleur de peau sale. La robe des femelles est beaucoup plus courte, plus foncée, teintée en gris verdâtre. Ce sont surtout les femelles qui s'apprivoisent facilement, qu'on montre en Égypte. Les mâles, en général, sont presque toujours d'un caractère méchant et indomptable. Les vieux mâles ont toujours un camail très touffu, dont les poils ont près de 30 centimètres de longueur[3].

Passant au *papio Anubis*, ils le décrivent ainsi :

Fig. 5. — Cynocéphale Anubis, d'après De Winton et Anderson, *Zoology of Égypt*.

Tête plutôt aplatie en dessous ou légèrement arquée, arcades sourcilières rejetées en arrière. Corps trapu. Queue non touffue, longue environ comme les deux tiers du corps. Pas de camail, seulement une petite crinière, sur la nuque, de poils gris ou jaunes à la base, noirs à l'autre extrémité.

1. Indépendamment du genre *cercopithèque* représenté également par deux espèces.
2. *La Faune momifiée de l'ancienne Égypte*, par le Dr Lortet et M. C. Gaillard, 1re série, pp. 207-238.
3. Op. cit., p. 208.

Oreilles courtes, plus ou moins quadrangulaires. Face allongée, de couleur noire, plus pâle ou gris livide au-dessous des yeux ; paupières supérieures blanchâtres ; oreilles noires. Couleur générale mêlée de jaune et de brun noirâtre, distribués plus ou moins irrégulièrement sur les diverses parties du corps et donnant à l'ensemble l'aspect olivâtre signalé par les auteurs ; la queue tachetée de jaune pâle et de brun est aussi de couleur gris olivâtre. Surface inférieure des mains et des pieds noire. Chez le mâle adulte, les épaules sont couvertes de poils à peu près également longs, de 120 à 130 millimètres environ ; sur le vertex, les poils atteignent de 60 à 75 millimètres de longueur, de 40 à 60 dans la région sacrée. Tous les poils sont plus ou moins annelés de jaune et de noir, mais cette disposition est surtout visible dans la région pectorale.

Ces deux espèces étaient donc associées au culte du dieu Thot, mais la prédominance des squelettes de femelles dans la proportion de cinq à deux montre que les honneurs de la sépulture ne leur avaient pas été conférés comme incarnant le dieu, autrement dit comme *animaux sacrés*, mais bien au titre plus modeste d'*animaux consacrés* et ayant vécu, il faut le reconnaître, en des conditions différentes de la pure domesticité, car les mâchoires, quand elles étaient intactes, avaient intégralement leurs longues et redoutables canines ; ce qui n'est pas le cas de deux crânes de C. Anubis (l'un au musée du Caire, l'autre décrit par Anderson et de Winton[1]) qui ont les canines limées, précaution nécessaire pour les cynocéphales élevés dans la domesticité.

V

La représentation du cynocéphale nous fait remonter presque aux débuts de la sculpture égyptienne. On la chercherait en vain dans la faune ornementale de la période nagadienne. Ni les palettes de schiste découpées en forme d'animaux, ni les peignes ou épingles de tête d'époque préhistorique, ni les amulettes ou pièces de jeux

1. *Zoology of Egypt* : *Mammalia*. London, 1902, pl. III, fig. 2.

ne révèlent rien qui rappelle plus ou moins son aspect. On en peut dire autant des marques de potiers qui constituent pourtant un répertoire un peu plus étendu et l'on ne saurait nier que c'est là un argument nouveau en faveur de l'origine exotique du singe hermopolitain. C'est seulement à l'époque thinite qu'il fait son apparition. Les fouilles de Quibell et Green à Hiéraconpolis et celles de Fl. Petrie à Abydos ont fait sortir de terre une série de figurines pour la plupart en terre émaillée, représentant l'animal de Thot. On y voit le type hiératique en pleine voie de formation (fig. 6) : la position assise avec les deux mains sur les genoux, les callosités proéminentes, la tête alourdie dans sa silhouette par les deux touffes de favoris masquant complètement les oreilles, le museau épais. Dans quelques exemplaires, le camail de l'hamadryas se devine plus qu'il ne se voit ; en d'autres[1], la tête dépourvue de favoris et le museau plus proéminent nous ramènent au C. Anubis (fig. 7). Aucune trace d'emblème religieux : ni disque lunaire, ni soubassement en forme de ▬. On peut d'autant plus hésiter à voir en eux le dieu lunaire qu'en plusieurs cas le singe prend la forme d'une femelle ayant son petit dans les bras[2] (fig. 8), type qui n'apparaît, à l'époque classique, que sous la forme guenon ou cercopithèque. Toutes ces figurines sont d'une grossièreté d'exécution qui n'est surpassée que par quelques minuscules rognons de silex, trouvés à Abydos, et vaguement façonnés en singes. Cette infériorité dans la représen-

Fig. 6. — Figurine de cynocéphale trouvée à Abydos, d'après Fl. Petrie, *Abydos*, t. II, pl. VI, 52.

Fig. 7. — Figurine de cynocéphale trouvée à Hiéraconpolis, d'après Quibell, *Hiéraconpolis*, t. I, pl. XXI, 11.

Fig. 8. — Cynocéphale femelle tenant son petit, figurine trouvée à Hiéraconpolis.

1. Quibell, *Hieraconpolis*, pl. I, t. XXII, 12.
2. Petrie, *Abydos*, II, VI, 51 ; Quibell, op. cit., I, XVIII, 1, d'où est reproduite la fig. 8.

tation simienne par rapport aux autres animaux si réussis, dès cette lointaine époque, est-elle purement accidentelle et tient-elle, comme il est permis de l'admettre, à la matière ? On sait que la petite sculpture coroplastique de cette période n'atteint pas à beaucoup près le niveau de la sculpture sur ivoire. Les exemplaires de cynocéphales en cette précieuse matière nous manquent presque absolument et la question ainsi posée doit rester sans réponse.

Le babouin fait sa réapparition dans les tombes de Meidoum (fin de la IIIe dynastie), et comme nous sommes ici à l'un des beaux moments de l'art memphite, nous devons nous attendre à une réalisation complète du type. C'est en effet ce qui se produit. La preuve se réduit malheureusement pour nous en un unique bas-relief du tombeau de Atet[1], scène restreinte où figurent un échassier, un singe cercopithèque qui lui tire familièrement le panache de la queue, finalement un nain qu'entraîne un cynocéphale en marche dont on ne saurait dire s'il est un C. Anubis ou un C. Hamadryas femelle sans camail ni crinière (fig. 9).

Fig. 9. — Cynocéphale, fragment d'un bas-relief du tombeau de Atet.

Les cynocéphales, sans être fréquents, ne manquent pas d'ailleurs dans les mastabas de la période memphite. Ici, il ne s'agit pas davantage des représentations du singe Thot, non plus que des cynocéphales mystiques du Livre des morts ou des hymnes solaires, mais de l'animal exotique et rare, objet de curiosité et d'amusement, comme les nains de l'Afrique équatoriale, pour les personnages de l'entourage royal. Nous voyons alors l'artiste aux prises avec un animal d'un type non encore stéréotypé à l'exemple des animaux de la faune habituelle, bœufs, ânes, antilopes, gazelles, reptiles, échassiers, palmipèdes et toutes les espèces qui ont été incorporées dans l'écriture, que la pratique de l'école avait amenées jusqu'à l'extrême limite de la perfection. Dans la tombe 86 de Gizeh (IVe dynastie)[2], on voit les deux singes de Nibemakhout, grand officier de la cour de Ché-

1. Petrie, *Medum*, pl. XXIV.
2. Lepsius, *Denkmaeler*, t. II, 13.

phren, en liberté auprès de leur maître et de son épouse. Une cassure de la paroi a détruit la tête du premier animal qui s'avance, un lien attaché à hauteur des reins ; il échappe ainsi à toute détermination. L'autre, par contre, est intact et se présente sous un aspect assez inattendu (fig. 10). C'est un Hamadryas mâle, porteur d'un camail si ample que l'artiste l'a traité à la façon d'un véritable vêtement. Ce n'est pas le seul détail qui nous porte à penser que l'animal n'avait guère posé sous ses yeux et qu'il n'en avait qu'un souvenir bien vague. On chercherait vainement la trace des deux énormes favoris masquant les oreilles, caractéristique importante des mâles. Les oreilles sont non seulement visibles, mais elles se dressent en deux pointes au-dessus de la tête comme des oreilles de chien et traduisent ainsi l'impression profonde produite sur le graveur par la physionomie canine du monstrueux babouin.

Fig. 10. — Cynocéphale Hamadryas, d'après Lepsius, *Denkmaeler*, t. II, 13.

Un bas-relief bien connu du musée du Caire provenant d'une tombe de Saqqârah (Ve dynastie)[1] met sous nos yeux un épisode joyeux. Deux cynocéphales sont conduits en laisse par leur « garde-singe[2] » armé de ce bâton terminé par une main ouverte qui joue un certain rôle dans les scènes de correction. Le premier, agacé par un gars malicieux, le happe au passage et s'apprête à lui faire un mauvais parti. L'autre est une placide femelle s'avançant tranquillement, sa progéniture pendue à son flanc. Ces deux singes n'ont ni camail ni crinière. La femelle a les oreilles visibles et sans aucun accessoire, le mâle (fig. 11) les a visibles, mais comme recouvertes d'une enveloppe assez semblable

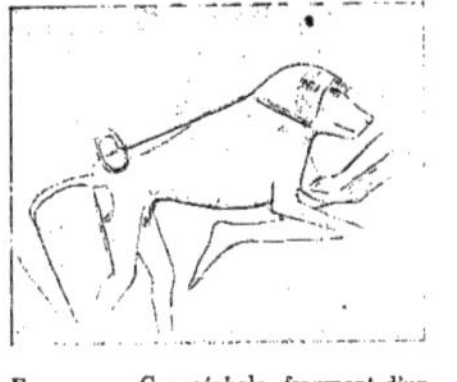
Fig. 11. — Cynocéphale, fragment d'un bas-relief du musée du Caire.

1. Entrée 37101, cat. général 1556g. Maspero, *Musée égypt.*, t. II, p. 31 et pl. XI.
2. [hiéroglyphes] Cf. Spiegelberg, *Das Wort für « Pavian »*, *Recueil de Travaux*, XXVIII, 162.

à l'oreille retombante d'un chien, et qui ne peut être que le favori décrit par Lortet et Gaillard. Ici encore, le type est très imparfaitement déterminé : Hamadryas ou Anubis ? Les caractéristiques de ce dernier l'emportent, c'est tout ce qu'on en peut dire. L'évidence est que le dessinateur ne sait pas son singe et en mêle les espèces.

Une curieuse représentation tirée d'une tombe de la Zaouiyet el Maitin[1] (VIe dynastie) va nous mettre dans une plus grande perplexité. Un singe est conduit en laisse. Il est enveloppé d'un capuchon qui lui recouvre la tête et le dos jusqu'au bas des reins pour retourner en deux pans arrondis sur le devant du corps (fig. 12). Avons-nous là le camail naturel de l'Hamadryas ? Le doute serait possible si le babouin du tombeau de Nibemakhout ne se chargeait de le dissiper.

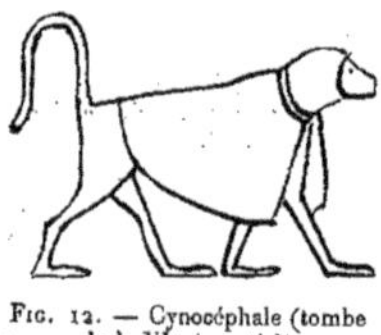

Fig. 12. — Cynocéphale (tombe de la VIe dynastie).

C'est ensuite vers les tombes de Beni Hasan et de Berchèh qu'il faut se tourner pour suivre à la piste le babouin dans l'art du Moyen Empire. Et d'abord, comment ne pas regretter l'insuffisance des reproductions dont on dispose pour cette recherche ? D'une part, les dessins à grande échelle, mais d'une exactitude des plus relatives de Champollion et de Rosellini, de l'autre, les tracés exacts, mais microscopiques de l'*Archæological Survey*. La première des conditions d'une enquête de cette nature, c'est bien moins de rechercher dans les faits de l'ordre zoologique la justification d'une anomalie apparente que d'interpréter la zoologie des Égyptiens d'après les règles de leur dessin. Faute d'avoir adopté une pareille ligne de conduite, on est allé jusqu'à expliquer que les crocodiles d'Horus étaient d'inoffensifs ouarans[2] parce qu'ils tournent la tête de côté, aptitude que la nature a refusée au crocodile, mais que l'art lui a octroyée, et ailleurs que la girafe et l'oiseau de proie (vautour ou corbeau), du style le plus archaïque, de la palette d'Oxford étaient la gazelle *Gerenuk (Lithocranius*

1. Lepsius, *Denkm.*, II, 107.
2. H. Boussac, *Sauriens figurés dans les cippes d'Horus*, dans *Recueil de Travaux*, XXXI, pp. 58-61.

Walleri), du pays des Somalis, et le *Ground Hornbill (Bucorax abyssinicus)*[1]. L'étude que j'ai été amené à faire de quelques représentations d'animaux m'a conduit à des conclusions tout opposées et ce n'est pas sans satisfaction que j'ai vu l'opinion, à laquelle je suis ainsi arrivé, se rencontrer avec le témoignage des naturalistes les plus autorisés dans le domaine de la faune de l'ancienne Égypte[2].

FIG. 13. — Cynocéphales Hamadryas de Beni Hasan.

Tout antiquaire ou zoologiste qui se départirait de cette règle s'exposerait à reconnaître dans les tombes civiles du Moyen Empire des variétés de singes absolument inconnues des anciens Égyptiens. L'Hamadryas, reconnaissable à son camail, apparaît à Beni Hasan[3] (fig. 13) avec son nom , mais avec un allongement et un effilement du museau et du torse qui nous montrent qu'il a été contaminé par le cercopithèque. C'est là encore un des phénomènes les plus ordinaires de la transformation des types dans l'art égyptien. Par une sorte de contagion dont j'avais été frappé en étudiant les représentations du faucon[4], on voit cet oiseau de proie s'altérer sous l'influence de ses

1. F. Legge, *The carved slates and this season's discoveries* dans les *Proceedings of the Soc. of Bibl. Archæol.* 1909, pp. 207, sqq.

2. « But when an attempt is made to identify the figures with the existing species representing these genera, the subject is found to be attended by great difficulties, due largely to the very imperfect delineation of the characters of the animals depicted. In the present state of art, mammalian species can be so faithfully represented that it is at once possible to recognize and name the figures given of them; but no such claim be advanced on behalf of the great mass of the representations of mammas which have been bequeathed to us by the ancient Egyptians. The identification of the genera is usally possible, but in those cases in wich a genus is represented by a diversity of species, identification is little more than mere guesswork in the great majority of instances ». Anderson and W. E. de Winton, op. cit., p. 1 et 2.

3. Champollion, Monuments, t. IV. (pl. 428, ter); P. E. Newberry, Beni Hasan, t. II, pl. VI

4. *Faucon ou Épervier*, dans les *Monuments Piot*, t. XVII, p. 5 et suiv.

congénères les plus voisins, de même que le chacal sous celle du lévrier et du chien loup. Cette étude peut être poussée beaucoup plus loin. La représentation la moins incertaine est celle d'un papio Anubis (fig. 14) debout et tenu à la main par un prêtre, non tirée d'un tableau, mais d'une inscription hiéroglyphique où elle joue le rôle de déterminatif du titre religieux [1]. A Berchèh, l'Hamadryas s'avance avec son allure familière, le corps un peu ramassé, la queue relevée pour retomber en panache, la partie antérieure du corps épaissie par le camail ; mais le capuchon déjà observé à Zaouîyet el Maïtin réapparaît et nous montre la persistance de cette étrange manière de rendre la crinière et les favoris.

Fig. 14. — Cynocéphale Anubis tenu par un prêtre (Beni-Hasan),

VI

Jusqu'à présent, nous n'avons eu affaire qu'à des représentations tirées des scènes de la vie civile. Les singes passés en revue sont des animaux empruntés à la ménagerie des hauts personnages memphites ou des princes féodaux de la Moyenne Égypte. La question du babouin sacré se pose toujours, et à part les figurines d'un caractère si incertain d'Abydos et de Hiéraconpolis et, pour ne rien omettre, le signe gravé sur une tablette d'ivoire du roi Sememsès[2] (Ire dynastie), aucun monument connu de l'Ancien et du Moyen Empire ne le représente, si ce n'est le superbe babouin de calcaire acquis en 1900 par le Musée du Louvre[3] (fig. 15) et dont le musée d'Athènes possède une réplique malheureusement trop mutilée pour

1. *Beni Hasan*, t. III, by F. Ll. Griffith, (pl. VI, n° 82 et p. 27, et même ouvrage, t. I, by P. E. Newberry, p. 85).
2. FP. etrie, *Royal Tombs.*, I, pl. XII, n° 1, pl. XVII, n° 26.
3. E, 10888.

permettre une comparaison fructueuse entre les deux monuments. Je n'ai pas oublié le trouble dans lequel me mit le cartouche du roi Snefrou gravé librement sur le plateau entre les deux pieds du singe et l'inscription quelque peu mystérieuse[1], incisée de façon non moins cursive sur le devant du socle. Je ne pus me décider à en admettre l'authenticité; mais comme le doute ne pouvait s'étendre à aucun degré au monument lui-même, j'en fis voter l'acquisition avec une conviction qui n'a jamais faibli, et c'est ainsi que le Louvre possède la plus remarquable représentation de cynocéphale, de grandeur très voisine de la taille naturelle, connue jusqu'à ce jour[2]. Dans une tendance trop absolue à préserver mon opinion de toute influence produite par le cartouche incriminé et en même temps, faute d'éléments de comparaison, je renonçais à placer notre babouin dans les premières dynasties; mais d'autre part, comme tous ses caractères l'éloignaient du Nouvel Empire, je l'attribuais provisoirement à la première époque thébaine. Cette attribution me paraissait aussi reposer sur une technique parfois assez voisine de celles des statues

Fig. 15. — Cynocéphale en calcaire (Musée du Louvre).

1. *Hāpi meri* « aimé du dieu Nil ».
2. Je ne saurais passer sous silence l'appui moral que je trouvai, en cette occurrence délicate, auprès de M. Maspero qui fut le premier à faire ressortir le caractère *Ancien Empire* de ce rare et beau monument.

de Senousert I trouvées à Licht par Gautier et Jéquier, en particulier le tracé un peu sec des yeux, rehaussé d'un trait rouge. Moins assuré aujourd'hui que ce monument n'est pas de l'Ancien Empire, je le considère, en tout cas, comme la forme la plus accomplie d'un type qui va s'éclipser pendant toute la durée du Nouvel Empire pour réapparaître dans le mouvement de renaissance inspiré par l'art memphite, sous les rois saïtes et leurs successeurs.

J'avais déjà appelé l'attention sur les différences de style qui caractérisent les animaux sacrés et les animaux profanes[1]. Par une de ces rencontres paradoxales qui semblent le privilège du dieu Thot, il se trouve que c'est précisément sa forme babouine, élaborée par les sculpteurs des ateliers d'art religieux, qui est la plus exacte sous le rapport des caractères zoologiques, tandis que les images de singes de ménagerie figurées dans la décoration murale des tombes et qu'on supposerait, *a priori*, copiées d'après nature, laissent le plus à désirer.

Abordons la seconde période thébaine, et considérons le monument le plus magnifiquement gravé de cette période, le temple des Thoutmôsis et d'Hatshepsitou à Deir el-Bahari. Les scènes de la terrasse de Pount vont nous présenter un assortiment de babouins que le dessinateur de Dümichen a reproduits avec une exactitude sèche d'après des estampages. Les deux types de babouins familiers aux Égyptiens (l'Hamadryas et l'Anubis) s'y trouvent rendus avec un effort d'exactitude remarquable pour le dernier (fig. 16)[2], une allure marchante excellente, mais avec combien de fautes et d'insuffisance pour le premier (fig. 17)[3].

Fig. 16. — Cynocéphale Anubis (temple des Thoutmôsis à Deir el-Bahari).

Fig. 17. — Cynocéphale Hamadryas (temple de Thoutmôsis à Deir el-Bahari).

1. Cf. *Monuments Piot*, loc. cit., p. 22.

2. Dümichen, *Historische Inschriften*, II, pl. LXII. Cf. Mariette, *Deir el-Bahari*, pl. 6 ; dans Ed. Naville, *The temple of Deir el Bahari (Egypt Exploration Fund)*, pl. LXXIV, constatera la destruction de cette représentation si caractéristique.

3. Dümichen, op. cit., pl. XII; Mariette, op. cit., pl. 6 ; Ed. Naville, op. cit., pl. LXXV.

Le fait le plus intéressant à noter pour cette époque est la *rénovation du type babouin de Thot et, du même coup, de tous les cynocéphales mythologiques*. Les favoris, d'aplatis qu'ils étaient, s'élargissent en deux énormes houppes de forme arrondie des deux côtés de la tête. Au lieu d'être imbriqués, comme le camail, de mèches rondes ou pointues, ils sont, en façade, striés de raies horizontales. Le camail n'épouse plus, de façon collante, la forme du torse : il s'élargit comme la chape en fourrure d'un premier président ; les bras sont submergés sous son épaisseur et les mains seules s'en dégagent. Enfin, l'animal se ramasse sur lui-même de la manière dont nous le voyons sur nos deux petits groupes. Cette transformation est-elle due à une tradition locale différente de la tradition memphite ? Notre très imparfaite connaissance de l'art proprement thébain antérieur au Nouvel Empire ne nous permet pas de répondre. Toujours est-il que nous nous trouvons, dans ce cas spécial, en présence d'une manière d'interpréter et de styliser le babouin manifestement affranchie de cette tradition. On a en quelque sorte revisé le papio Hamadryas et on l'a transformé en un type qui a duré autant que l'influence du style thébain. Tous les singes sacrés, colossaux ou minuscules, de la XVIIIe, de la XIXe dynastie et des temps qui forment la transition entre la grande époque thébaine et l'avènement des Saïtes sont conçus sur ce modèle dont je me borne à donner deux exemples tirés de nos collections et pris aux deux extrêmes : un petit cynocéphale en schiste noir[1] (fig. 19) et un des quatre babouins colossaux en granit rose

Fig. 18. — Cynocéphale colossal en granit rose (Musée du Louvre).

1. Inscrit sous le n° 1620, il mesure 0 m. 075 millim.

adossés dans l'attitude adorante contre le soubassement de l'obélisque de Louqsor (fig. 18).

Si l'on veut voir ce qu'ils sont devenus à l'époque saïte, on n'a que l'embarras du choix. Tous les musées et beaucoup de particuliers possèdent de ces petits cynocéphales en terre émaillée bleu turquoise ou vert pâle (Voir fig. 20 et fig. 21). Ils représentent le dieu Thot accroupi sur son socle en forme de —[1], orné le plus

Fig. 19. — Petit cynocéphale en schiste noir (Musée du Louvre).

Fig. 20. — Petit cynocéphale en terre émaillée bleue (Musée du Louvre, n° 1880).

souvent d'un pectoral, parfois aussi tenant d'une main appuyée contre sa poitrine l'œil oudja, c'est-à-dire l'œil lunaire, la lune arrachée par des sortilèges au Typhon qui l'avait dérobé. Les grandes houppes et le camail volumineux ont disparu pour faire place aux favoris plats et au capuchon collant de l'Ancien Empire. Un soin particulier a présidé au rendu de tous ces détails dans le style des anciens ateliers memphites. Veut-on savoir jusqu'où pouvait aller la fidélité dans ce genre de pastiches ? il suffit pour cela de se reporter aux magnifiques bas-reliefs d'Abousir où l'on distingue encore une mise au carreau qui n'est certainement pas celle de l'artiste primitif, mais

1. On en connaît des variantes avec le signe ⌣ comme support.

des copistes saïtes, car tout cet appareil linéaire est manifestement superposé à la couleur et au relief. Cet engouement artistique ne se bornait pas à la figuration proprement dite, il exploitait même le domaine des hiéroglyphes et il ne me paraît pas douteux que les prétendus modèles dits saïtes, mais dont la plupart datent de l'époque sébennytique et qui représentent quelques-uns des animaux les plus habituels de l'écriture hiéroglyphique, ne soient la plupart du temps que des copies scolaires des signes courants relevés dans les plus belles inscriptions de la Ve dynastie. Je ne suivrai pas les destinées du babouin dans la dégénérescence gréco-romaine de l'art égyptien et j'en arriverai sans plus de transition à un autre petit problème, celui de l'exacte dénomination des singes.

Fig. 21. — Petit cynocéphale en terre émaillée verte (collection de M. le Dr Fouquet, au Caire).

VII

Est-il possible de déterminer exactement, comme l'a tenté R. Hartmann, la dénomination égyptienne des deux espèces. Le C. Hamadryas est couramment désigné par le terme et ses variantes, , , , , , etc. déterminées par le cynocéphale accroupi , par le cynocéphale dressé et les bras tournés vers le soleil , et même par le cercopithèque gambadant . La lecture *aʿana, iʿani, iʿanu, ʿaniu* se retrouve confirmée dans l'expression copte ⲡⲁⲛⲁⲑⲟⲟⲩⲧ[1].

Spiegelberg croit pouvoir admettre que la forme primitive

1. Zeitschrift, 1883, p. 101 (Erman).

de ce vocable était un mot *'anr* contenu dans la légende du bas-relief 1554 du Caire et les raisons qu'il en donne sont valables. Toutefois il est à noter que la légende se rapporte non à l'Hamadryas, mais au C. Anubis. On fera la même observation au sujet de la légende mentionnant les singes dans l'expédition au pays de Pount[1]. Le mot y est déterminé par un C. Anubis sans favoris et sans camail. S'il est un document où la précision s'imposait, c'est bien ce texte, et on peut tenir pour assuré qu'aucune confusion n'aurait été commise si la langue égyptienne avait distingué les deux cynocéphales. Quant au mot , il faudrait, pour lui reconnaître le sens restreint que lui attribue Hartmann, le rencontrer dans une légende se rapportant à une scène où l'espèce serait exactement représentée, ce qui n'est pas précisément le cas. Il n'apparaît guère que dans des textes d'un caractère religieux et, qui plus est, de basse époque. Il n'en est pas de même du mot , *gefou*, qui, dans les représentations de Beni Hasan et dans la légende de Pount, se rapporte exclusivement au cercopithèque. On l'a rapproché du grec κῆπος. On observera pourtant avec Anderson que le κῆπος mentionné par Élien (*Hist. Anc.*, XVII, 8) et emprunté au traité de la Mer Érythrée de Pythagoras, correspondrait, d'après sa description, au cynocéphale. Strabon, parlant du κῆπος, lui donne la face d'un satyre, tout en reconnaissant qu'à d'autres égards il est entre l'ours et le chien. Si l'origine égyptienne du mot est exacte, elle tendrait simplement à faire admettre qu'à un certain moment le mot *gefou*, qui s'appliquait originairement au cercopithèque, est devenu l'expression vague, le nom commun désignant tous les genres. Ainsi, *au début, pas de distinctions nominales entre les espèces*, ce qui est conforme à ce que nous savons de la sémantique égyptienne et *peut-être, à une époque tardive, la confusion des mots remontant jusqu'à la désignation du genre.*

1. Dümichen, *Die Flotte einer Königin*, pl. XIV.

VIII

Les deux groupes ne portant pas de date, la question du rapport de temps qui les unit ne se résout pas d'elle-même. Ont-ils été exécutés au même moment? Il n'est pas interdit de l'admettre si l'on tient compte d'une certaine parité dans les dimensions des figures, la coiffure et le costume du scribe, la légende inscrite sur le papyrus déroulé, enfin le fait que ce scribe est *lisant* dans un monument et *écrivant* dans l'autre, variante plus favorable à l'hypothèse qu'une similitude absolue de l'acte représenté. La diversité de la matière, intentionnelle (opposition du blanc et du noir qu'on supposera en rapport avec les deux principales phases de la lune, ou, plus vraisemblablement, avec le fin croissant lumineux qu'accompagne, à sa première apparition, la lumière cendrée de tout le reste du disque), peut conduire à la même conclusion.

Ce qui est beaucoup plus évident, c'est la dualité de la main-d'œuvre. Il ne faut pas, en effet, un examen très approfondi pour se rendre compte que la différence de procédé et de style ne doit pas être imputée seulement à la différence de matière. Non seulement le tour de main varie d'un groupe à l'autre, mais, qu'il s'agisse du scribe ou du singe, on est en présence de deux manières de voir qui sont nettement le contraire d'un décalque. Le Nibmirtouf en albâtre n'est pas la réplique du Nibmirtouf en schiste. Le désaccord entre les deux cynocéphales est plus complet. Il y a donc manifestement trace de deux mains. Ce qui est tout aussi apparent, c'est l'homogénéité de chaque groupe et je crois qu'il ne peut venir à la pensée d'une personne expérimentée d'admettre, d'une part et de l'autre, l'intervention d'un sculpteur animalier pour l'image du babouin[1]. Si jamais la technique a parlé clairement, c'est bien dans ces deux petits monuments.

1. Il ne me paraît pas que l'on puisse observer la trace de deux mains différentes dans un même groupe.

Autre question : les trois groupes (y compris celui de Berlin) envisagés ici peuvent-ils être considérés sinon comme des *unica,* du moins comme formant une série restreinte et rare d'objets votifs? Nous nous plairions à le supposer pour faire la part plus grande à la fantaisie créatrice dont les exemples ne manquent pas dans l'art égyptien, mais, à la réflexion, on en arrive à l'hypothèse contraire, car, s'il est une catégorie essentiellement large, c'est assurément celle des objets votifs. La part faite à la coutume y apparaît prépondérante et, à défaut de l'habitude traditionnelle marquant de son empreinte les produits d'une longue période, la mode temporaire et le despotisme de l'esprit d'imitation ne pouvaient laisser longtemps le bénéfice de l'originalité à une création individuelle.

Il ne faut pas perdre de vue non plus que, dans l'accouplement sur un même socle d'un scribe et du singe-dieu, il n'est rien d'insolite, rien qui ne rentre dans la donnée ordinaire du groupe plastique égyptien ; et, sans m'étendre ici sur des recherches dont les résultats seront publiés ailleurs, je ne puis manquer de mettre en évidence le principe qui a toujours prévalu dans la conception de ce mode de sculpture : la *juxtaposition*. Dans l'art grec et ses dérivés, dans les arts de l'Extrême-Orient, on peut dire d'une manière générale que le groupe admet, et même à un haut degré, la *combinaison* de ses éléments. Les figures s'y entremêlent dans l'action représentée : leurs attitudes sont réglées l'une par rapport à l'autre et dépendent d'un enchaînement si étroit que la séparation d'une des figures constitutives est aussi préjudiciable à l'harmonie de l'ensemble que la perte d'un membre par rapport à un corps. Dans la sculpture égyptienne cette solidarité n'existe pas. La forme la plus habituelle, la forme typique de la cohésion dans l'agencement de deux ou plusieurs figures, généralement disposées en rangée, c'est l'embrassement, signe conventionnel de l'affection familiale, susceptible d'assez peu de variété. Un bras, le droit ou le gauche, passe derrière le torse de l'être aimé ; parfois l'embrassement est réciproque et deux bras se croisent d'un geste symétrique, chacun appartenant à une personne différente, car ce geste est, si l'on peut dire, toujours unilatéral. Jamais une figure ne fait usage, dans cette manière calme et rigide d'exprimer l'amour, de ses deux bras, à moins que le sentiment ne soit témoigné à deux personnes. L'enfant debout ou accroupi au pied de son père, se contente d'entourer d'un geste invariable sa jambe. Parfois dans un couple, les deux bras voisins des figures accouplées s'allongent parallèlement ; les deux mains se rencontrent et se croisent ou même se frôlent. Si l'on fait abstraction du geste, sorte d'attitude graphique exprimant *pictographiquement* un sentiment qui ne se reflète pas sur le visage, ou qui ne réagit pas sur le reste de l'attitude des figures représentées, on est obligé de reconnaître que *chacune des figures existe isolément et se suffit à elle-même*[1]. Si nous passons maintenant à la représentation d'un acte accompli par plusieurs personnages, acte le plus ordinairement rituel, l'isolement des figures est encore plus marqué. Chacune est placée dans ses rapports avec l'autre ou les autres de la même manière que dans les scènes murales, c'est-à-dire par *juxtaposition*. On en arrive ici à une dualité ou pluralité qui pourrait être érigée en polynomes figuratifs, survivance de la pictographie primitive où les images étaient isolées par l'impuissance de l'art à ses débuts.

Scène d'adoration :

l'adorant + l'adoré.

Scène de purification :

le ou les purifiants + le purifié.

et, comme dans le dernier cas, le purifié est entre les deux purifiants on a :

un purifiant + le purifié + un purifiant.

Scène de massacre :

le massacrant + le massacré.

1. W. de Bissing (Denkmäler Aegypt. Sculptur, Bruckmann, n° 4, texte, dernier paragraphe) croit trouver dans ce mode d'assemblage des figures quelque chose de plus : une légère inclinaison des deux corps l'un vers l'autre, traduisant ainsi l'expression d'un sentiment commun. Cette inclinaison, assurément perceptible dans certains groupes, est-elle intentionnelle ? Il est permis d'en douter.

J'arrête là les exemples. On ne peut envisager ce procédé enfantin, lors même que le résultat n'en serait pas exempt d'une certaine beauté, due à la simplicité de l'effet, sans penser à ces scènes de la vie domestique extraites du mobilier funéraire des tombes du Moyen Empire. Les personnages y sont toujours situés dans un milieu bien caractérisé, maison, atelier, grenier, cellier, tout cela en relief et à son plan, comme dans la réalité. Je ne me souviens pas d'y avoir jamais vu deux figures rattachées l'une à l'autre: toutes concourent séparément à l'action générale.

Sous le Nouvel Empire, et notamment sous les Ramessides, se manifeste une tendance marquée vers le groupe organique tel que nous l'entendons, probablement du fait que l'art officiel tendait à s'affranchir des règles canoniques et à mettre en pratique la liberté et l'expression de la vie qui avaient atteint à un haut degré dans l'art profane, mais les procédés consacrés par la tradition hiératique reprirent presque toujours le dessus.

Le principe de l'autonomie et de la juxtaposition des figures, même appliqué de la manière la plus rigide, n'excluait pas un certain arrangement, une harmonie. Les relations de dimension et de distance n'étaient pas affaire de hasard pas plus qu'en ces tableaux des temples, ces anaglyphes sacrés, où la disposition des figures était régie par des règles fixes et l'exécution subordonnée à un quadrillage géométrique sur lequel tous les éléments étaient tracés. Il est évident que dans nos petits groupes la mise en place n'était pas aussi rigoureuse: elle devait résulter de l'habileté acquise, d'une pratique constante dans l'exécution de pareils objets. L'artiste avait dans son assortiment de modèles celui du cynocéphale, celui du scribe accroupi, celui du scribe à demi-agenouillé. Une esquisse tracée sur une planchette ou un éclat de calcaire lui fixait rapidement ses dimensions. Il attaquait les figures séparément, comme les pièces d'un meuble, il en opérait le montage conformément à son esquisse.

Dans ces conditions de séparabilité des éléments, comment s'étonner qu'un petit nombre de groupes de cette nature nous soit parvenu, alors que des antiquités d'une seule pièce et souvent faite des matières les plus dures ne sont arrivées jusqu'à nous qu'en fragments. L'Arabe brise son butin pour le partage s'il a un complice et, s'il n'en a pas, il a toujours la ressource de faire autant de marchés qu'il a de morceaux. Et la première idée qui doit nous venir à l'esprit est de nous demander si de ces éléments séparables nos musées et collections privés ne posséderaient pas depuis longtemps un certain nombre. C'est là une enquête dont je ne puis que signaler l'utilité, en indiquant toutefois sous quelle forme il me paraît qu'elle doit être faite.

Les représentations à très petite échelle de scribes écrivant ou lisant en pierre schisteuse, granit ou basalte abondent dans nos vitrines : il en est de même des cynocéphales avec ou sans attributs lunaires. Il faudra prêter attention à la technique de la base pour chacune des figures. Si elle est anépigraphe et grossièrement épannelée, il va de soi qu'elle devait s'encastrer primitivement dans un socle, comme dans notre premier groupe. C'est précisément le cas de notre statuette E 3186, qui porte son nom *Ptah-m-heb*, gravé sur le rouleau de papyrus, et sa légende un peu moins concise sur le pourtour du bas du corps, tandis que sa base taillée sommairement est anépigraphe et devait pénétrer dans un socle mobile à formule funéraire d'une certaine étendue. Ptah-m-heb tenait peut-être compagnie à un singe. Le socle en bois du groupe de M. James Simon ne peut que confirmer cette vue. M. Erman qui fait le même raisonnement cite à l'appui une figurine de scribe acquise par le musée de Berlin en 1899[1].

L'hypothèse peut-elle s'étendre aux singes en terre émaillée d'époque saïte qui semblent au premier abord avoir un tout autre caractère? Il en est qui possèdent des bélières de suspension comme c'est le cas pour nombre de divinités qu'on portait suspendues au cou; il en est beaucoup, par contre, qui en sont dépourvus et qui

1. On en voit la reproduction à la fin de sa notice (*Amtliche Berichte* du musée de Berlin, oct. 1911, fig. 13).

rempliraient l'office. Reste la difficulté du scribe en terre émaillée qui nous manque, ou qui est tout au moins d'une trop grande rareté pour constituer une donnée favorable à la solution de ce petit problème.

Quoi qu'il en soit, depuis plus d'un siècle que les antiquités égyptiennes prennent sans trop d'obstacles le chemin de l'Occident, c'est la première fois que de pareils ensembles nous parviennent dans un état qu'on peut vraiment qualifier d'intact et le Louvre est en droit de se féliciter d'en posséder les deux plus beaux exemplaires.

GEORGES BÉNÉDITE.

ERNEST LEROUX, Éditeur, rue Bonaparte, 28, Paris, 6.

TOME HUITIÈME, avec 22 planches.

Robert de Lasteyrie. Études sur la sculpture française au moyen âge.

TOME NEUVIÈME, avec 20 planches.

Max. Collignon. Situla en ivoire provenant de Chiusi (Musée du Louvre).
C. Gaspar. Le peintre céramiste Smikros.
E. Audouin. La Minerve de Poitiers.
Camille Benoît. La Résurrection de Lazare par Gérard de Harlem.
Eugène Müntz. Tapisseries allégoriques inédites ou peu connues.
G. Bénédite. Un guerrier libyen, bronze égyptien.
Edmond Pottier. Épilykos, Étude de céramique grecque.
Ant. Héron de Villefosse. Le Canthare d'Alise.
Théodore Reinach. Le Sarcophage de Sidamaria.
Gustave Schlumberger. Deux bas-reliefs byzantins de stéatite.

TOME DIXIÈME, avec 21 planches.

Collignon. Sculptures grecques trouvées à Tralles (Musée de Constantinople).
Salomon Reinach. Vase doré à reliefs (Musée de Constantinople).
E. Pottier. Note complémentaire sur Epilykos.
P. Hartwig. Danaé dans le coffre, hydrie appartenant au Musée de Boston.
Joseph Buche. Le Mars de Coligny (Musée de Lyon).
Théodore Reinach. Note additionnelle sur le sarcophage de Sidamaria.
André Michel. La Madone dite d'Auvillers (Musée du Louvre).
Georges Bénédite. Une nouvelle palette en schiste.
P. Perdrizet et **L. Chesnay.** La métropole de Serrès.
F. de Mély. Vases de Cana.
Marcel Dieulafoy. La statuaire polychrome en Espagne, du XIIe au XVe siècle.
Paul Leprieur. Le don Albert Bossy au Musée du Louvre.
Camille Benoît. Le tableau de l'Invention de la Vraie Croix et l'École française du Nord dans la seconde moitié du XVe siècle.

TOME ONZIÈME, avec 41 planches.

Salomon Reinach. Le manuscrit des Grandes Chroniques de l'histoire de France de la Bibliothèque de Philippe le Bon, à Saint-Pétersbourg.

TOME DOUZIÈME, avec 20 planches.

Georges Bénédite. La stèle dite du Roi serpent.
Léon Heuzey. Le chien du roi Soumou-Ilou.
Max. Collignon. Deux lécythes attiques à fond blanc et à peintures polychromes (Musée du Louvre et Musée archéologique de Madrid).
André De Ridder. Bronzes syriens.
Ant. Héron de Villefosse. Les sarcophages peints trouvés à Carthage.
Paul Gauckler. Un catalogue figuré de la batellerie gréco-romaine : la mosaïque d'Althiburus.
H. Omont. Dosiades et Théocrite offrant leurs poèmes à Apollon et à Pan.
Étienne Michon. Un bas-relief de bronze du Musée du Louvre.
Étienne Michon. Lécythe funéraire en marbre de style attique.
G. Schlumberger. L'inscription du reliquaire byzantin en forme d'église du Trésor d'Aix-la-Chapelle.
F. de Mély. Le Trésor de la sacristie des Patriarches de Moscou.
Arthur Frothingham. Le modèle de l'église Saint-Maclou, à Rouen.
André Michel. La Vierge et l'Enfant, statue en pierre peinte.
Gaston Migeon. Deux œuvres de la Renaissance italienne.

TOME TREIZIÈME, avec 21 planches.

Georges Bénédite. A propos d'un buste égyptien du Louvre.
Jean Capart. Tête égyptienne du Musée de Bruxelles.
Jean Ebersolt. Fresques byzantines de Neredits.
André Michel. Saint Matthieu écrivant, bas-relief en pierre.
Raymond Kœchlin. Les retables français en ivoire du XIVe siècle.
Gaston Migeon. Trois faïences orientales lustrées au Musée du Louvre.
F. de Mély. Le retable de Boulbon au Louvre et les miniatures de Chugoinot à Aix-en-Provence.
G. Perrot. Une statuette de la Cyrénaïque et l'Aphrodite anadyomène d'Apelle.
F. de Mély. La tête d'Éros de la Collection d'Harcourt.
Max. Collignon. Tête d'Éros en marbre de la Collection d'Harcourt.
E. Pottier. Une clinique grecque au Ve siècle (Vase attique de la Collection Peytel).
Max. Collignon. Une sculpture d'Égine : tête d'Athéna en marbre.
Paul Gauckler. Mosaïques tombales d'une chapelle de martyrs à Thabraca
Ph. Lauer. La Capsella de Brivio (Musée du Louvre).
P. Vitry. Deux têtes décoratives du XIIIe siècle.

TOME QUATORZIÈME avec 24 planches dont 14 en couleurs.

Marcel Bulard. Peintures murales et Mosaïques de Délos. . . . . Prix : 50 fr.

TOME QUINZIÈME, avec 18 planches.

Philippe Lauer. Le Trésor du Sancta Sanctorum.

TOME SEIZIÈME, avec 22 planches dont 3 en couleurs.

Léon Heuzey. Une des sept stèles de Goudéa.
Frederik Poulsen. Fragment d'un grand vase funéraire découvert à Délos.
Ch. Diehl et Le Tourneau. Les mosaïques de Sainte-Sophie de Salonique.
H.-F. Delaborde et Ph. Lauer. Un projet de décoration murale inspiré du *Credo* de Joinville.
Raymond Kœchlin. Un retable français du XIVe siècle au musée de Berlin.
Gaston Migeon. Le Tireur d'épine, petit bronze de la Renaissance italienne.
Edmond Pottier. Vases peints à sujets homériques.
Paul Vitry. Une tête de Christ du XIIe siècle.
Conrad de Mandach. Un atelier provençal du XVe siècle : le « Saint-Michel », la « Pietà » et les œuvres de Nicolas Froment.
F. de Mély. La tête de Laocoon de la Collection d'Arenberg à Bruxelles.

TOME DIX-SEPTIÈME, avec 19 planches dont 1 en couleurs.

G. Bénédite. Faucon ou épervier (Louvre).
A. Merlin et Poinssot. Bronzes de Mahdia.
P. Paris. Vases ibériques (Musée de Saragosse).
A. Blanchet. Les Camées de la croix de Saint-André-le-Bas.
H. Omont. Peintures d'un manuscrit syriaque.
L. Dorez. Pontifical peint par Francesco dai Libri.
A. Merlin. Découverte d'une cuirasse italiote.
M. Collignon. Tête féminine en marbre (Louvre).
E. Michon. Bas-reliefs historiques romains (Louvre).
A. Foucher. La Madone bouddhique.

TOME DIX-HUITIÈME, avec 21 planches dont 3 en couleurs.

A. Merlin. Statuettes de bronze, trouvées à Mahdia.
F. Courby. Sacrifice à Hécate, bas-relief de bronze de Délos.
A.-J. Reinach. Les Galates dans l'art alexandrin.
A. Michel. Vierge avec l'Enfant (Louvre).
F. de Mély. Deux tableaux signés de Corneille de Lyon.
P. Foucart. Le Zeus Stratios de Labranda.
E. Michon. Danseuses, bas-relief de marbre (Louvre).
F. de Mély. Les très riches heures du duc de Berry et les influences italiennes.
C. Diehl et Le Tourneau. Les mosaïques de Saint-Démétrius de Salonique.

CHARTRES. — IMPRIMERIE DURAND, RUE FULBERT.

www.ingramcontent.com/pod-product-compliance
Ingram Content Group UK Ltd.
Pitfield, Milton Keynes, MK11 3LW, UK
UKHW020414220726
13923UKWH00004B/1933

9 782019 239091